S4C Cyw

Llew a'r Dant Coll

y Lolfa

Awdur: Anni Llŷn

Argraffiad cyntaf: 2019
© S4C 2019

Mae hawlfraint ar gynnwys y gyfrol hon ac mae'n anghyfreithlon llungopïo
neu atgynhyrchu unrhyw ran ohoni trwy unrhyw ddull ac at unrhyw
bwrpas (ar wahân i adolygu) heb ganiatâd ysgrifenedig y cyhoeddwr ymlaen llaw.

Lluniau: Bait a Debbie Thomas

Rhif llyfr rhyngwladol: ISBN: 978 178461 738 7

Dymuna'r cyhoeddwr gydnabod cymorth ariannol Cyngor Llyfrau Cymru
a chydweithrediad S4C, Boom Plant a Bait (Rhan o Boom Cymru).

Cyhoeddwyd ac argraffwyd yng Nghymru gan Y Lolfa Cyf.,
Talybont, Ceredigion, SY24 5HE
e-bost: ylolfa@ylolfa.com
y we: www.ylolfa.com   ffôn: 01970 832304   ffacs: 01970 832782

Dyma lyfr

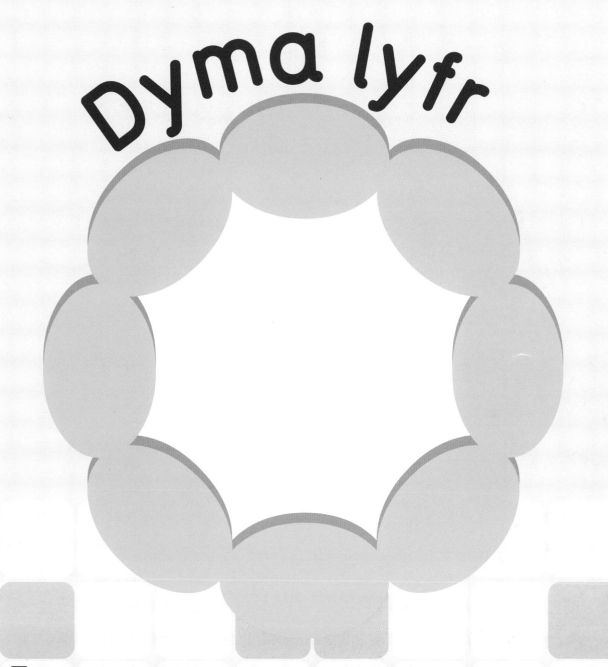

Enw:
....

3

Roedd hi'n fore yn nhŷ Cyw ac roedd y criw i gyd yn brwsio'u dannedd. Roedd pawb yn brwsio'u dannedd bob bore a bob nos.

Roedden nhw'n hoff iawn o ganu wrth wneud:
"Brwsio i fyny a brwsio i lawr, brwsio pob un dant
yn awr. Brwsio i fyny a brwsio i lawr."

Ond pan oedd pawb yn bwyta'u brecwast,
"Aw!" meddai Llew wrth gnoi tamaid o dost.
Roedd ei ddant wedi dod yn rhydd!

Syllodd pawb ar y dant oedd ar y bwrdd.
"O na," meddai Llew, "mae fy nannedd i'n
cwympo mas!"

Ond eglurodd Cyw mai un o'i ddannedd llaeth oedd wedi dod yn rhydd.
"Dy ddannedd cynta di yw'r rheini. Byddi di'n eu colli i gyd yn eu tro a bydd rhai newydd yn dod yn eu lle."

Roedd y criw i gyd wedi cyffroi.
"Bydd y dylwythen deg yn galw heno!" bloeddiodd
Bolgi. Roedd e'n iawn, meddyliodd Llew, bydd hi'n
galw i roi arian yn lle'r dant.

9

Yn ystod y dydd, wrth i bawb arall chwarae a mwynhau, roedd Llew yn meddwl am y dylwythen deg. Penderfynodd y byddai'n hoffi ei chyfarfod.

Y noson honno, aeth pawb i frwsio'u dannedd eto:
"Brwsio i fyny a brwsio i lawr, brwsio pob un dant yn
awr. Brwsio i fyny a brwsio i lawr."

Yna, rhoddodd Llew deganau yn erbyn drws ei 'stafell wely. Pan fydd y dylwythen deg yn dod i mewn drwy'r drws, bydd y teganau'n gwichian ac yn fy neffro, meddyliodd.

Rhoddodd Llew ei ddant yn ofalus o dan ei glustog.
Gorweddodd yn ei wely clyd a darllen llyfr, cyn
syrthio i gysgu.

Cyn bo hir roedd Llew yn chwyrnu'n braf. Roedd yn breuddwydio am y dylwythen deg a'i hadenydd hardd.

Ond, yn sydyn, gwichiodd y teganau wrth y drws.
Roedd rhywun yno! Neidiodd Llew ar ei eistedd.
Y dylwythen deg, mae'n rhaid!

Ond na! Plwmp a Deryn oedd yno, wedi anghofio
rhoi cwtsh nos da i Llew. Yna cafodd Llew syniad da:
"Beth am i chi aros i weld y dylwythen deg gyda mi?"

Cwtshodd y tri yn y gwely i aros amdani. Cyn pen dim roedd pawb yn cysgu. Ond yn sydyn, gwichiodd y teganau wrth y drws eto. Y dylwythen deg, mae'n rhaid!

Ond na! Bolgi a Jangl oedd yno. Doedden nhw ddim yn gallu cysgu ac roedden nhw eisiau i Llew ddarllen stori. Dywedodd Llew: "Beth am i chi aros i weld y dylwythen deg hefyd?"

Cwtshodd y pump yn y gwely. Doedd dim llawer o le yno. Yn sydyn, gwichiodd y teganau wrth y drws unwaith eto. Y dylwythen deg, mae'n rhaid!

Ond na! Cyw oedd yno'r tro hwn, wedi dod i weld a oedd y dylwythen deg wedi galw. Gwasgodd pawb at ei gilydd i wneud lle i Cyw ddod i'r gwely hefyd.

Ar ôl gwneud eu hunain yn gyfforddus, aeth pawb
i gysgu'n drwm. Ond deffrodd Llew wrth i rywbeth
gosi ei drwyn.

Agorodd ei lygaid a gweld sêr bach hud yn hofran o'i gwmpas ac yn glanio ar ei wyneb. Cododd ar ei eistedd yn dawel heb ddeffro'r lleill.

Ond wrth wneud hynny, disgynnodd darn arian o'r
gwely i'r llawr. Chwiliodd Llew am ei ddant. Doedd
e ddim yno. Ble oedd y dylwythen deg?

Ond er iddo chwilio amdani am amser hir, wnaeth Llew ddim llwyddo i gyfarfod y dylwythen deg y noson honno wedi'r cyfan. Ond tybed alli di ei gweld hi'n rhywle?